詩集

星の時

VOICE of St. GIGA

寮 美千子

美しき二連星に捧げる

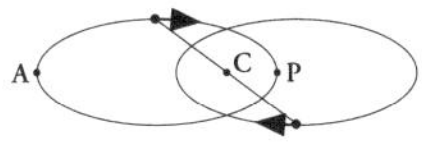

星の生成領域の静かな熱気のなか、二連星のごとき光芒を放つお二人に導かれ、
星の生まれる瞬間に立ち会うように、
その源流から夢の潮流に加われたことを、心から感謝します。
銀河の彼方で輝く美しき二連星の光は、いまもこの地上に降りそそいでいます。

目次

星の時 Star Line

美しい星

すべては滅びてしまって
ただ　静寂だけが満ちている
そんな星を　いくつ
この銀河は　浮かべているのだろう

太陽はめぐりつづける　誰もあたためることなく
月はめぐりつづける　誰にも見あげられることなく

傷つけあうことの痛みさえ　すでに滅んでしまった星
滅びゆくことの哀しみさえ　すでに喪《うしな》ってしまった星

そんな星を　いくつ
この銀河は　浮かべているのだろう

そう思って　空を見あげる生き物が
生きている　美しい星

航海

オーロラの帆をかかげ
粒子の風に吹かれながら
もう四十六億年　旅を続けてきた

羅針盤もなく
船長もいない
サファイア色の方舟《はこぶね》

ゆらめく闇の波を越え
きらめく星の海を渡り
どこへいこうとしているのか

羅針盤もなく
船長もいない
サファイア色の方舟

宇宙の森

光の樹木に囲まれた
まぶしい都市も
月の光の降り注ぐ
乾いた草原も
波の音の響く
白い砂浜も

そこは
星をちりばめた宇宙の一角
深い宇宙の森のなか

年老いてひとり
静かに死を待っていても
いとしい人とふたり
眠る赤ん坊を見つめていても

ここは
星をちりばめた宇宙の一角
深い宇宙の森のなか

宇宙の渚

海からは
波が打ちよせ
空からは
光が打ちよせる

そして
わたしのなかから打ちよせる
果てしない夢

ここは宇宙の岸辺
わたしは小さな渚

地球

水でさえ　語る
風でさえ　歌う
いのちないものでさえ
音楽を奏でる惑星に
わたしたちは　生まれた

だから
悲しみさえ　輝いている
歓びは　さらにまぶしい

光たちは　笑い
闇さえも　微笑む
いのちないものでさえ
心を交《か》わす惑星に
わたしたちは　生まれた

波の歌

ここから　どこまでも
まっすぐに　歩いていけば
いつか　海に出る
そこからは　きっと
水平線が　見える
水平線の向こうにも
海は広がっていて
その海の彼方に
また　陸がある
その渚にも
波が打ち寄せている

太陽に灼《や》かれる海
月光に凍てつく海
珊瑚の揺れる海
氷河の砕ける海

ひとつとして　おなじ色のない海で
ひとつとして　おなじ形のない波が
いまも　砕けている

無数の波の歌が　地球を包んでいる

結晶の眠り

砂漠に
泉が隠されているように
青空に
星が隠されているように

大地の底で
無数の結晶が眠っている
きらびやかな　その眠りを

まだ　だれも見たことのない
美しいものたちが
声もなく眠る　この惑星で
まだ　だれも見たことのない
美しい夢たちが
音もなく息づいている

人という生き物の胸の奥で

水晶の森

深い時間のなか
水晶がゆっくりと　結晶をのばす
百年をかけて　八分音符を　ひとつ刻む
はるかなワルツを　奏でながら

結晶は　音楽
結晶は　言葉
惑星から　美しいものだけを析出した
透明な言葉

宇宙は　不思議
無限の　不思議
こんなに美しいものを
ひとりでに生みだすなんて

水晶のなかに
深い時間が　結晶している
千年をかけて　八分音符を　ひとつ奏でる
はるかな楽譜が　刻まれている

水晶の森のなか
　わたしは耳を澄ます
　　音楽に
　　　遠い時間に
　　　　透明な言葉に
　　　　　　言葉の森のなか
　　　　　わたしは迷う
　　　　迷いつづける
　　　そして見あげる
　　星を

水晶の森のなかで

森はひとつの巨きな楽器だ

たっぷりと横たわる大地から
青空に埋もれた　星のひとつひとつへと
まっすぐに張られた　無数の弦
落葉松《からまつ》の森は　巨《おお》きな楽器だ

かなでる風の弓
つまびく雨の爪

虫もまた　森
鳥もまた　森

空を　七色に染めあげて　太陽が沈む
ひとつ　またひとつと　星が瞬きはじめる
星は　きりきりと　弦を巻く
木が　きのうより　わずかに背を伸ばす

だれが
こんなにも　美しい楽器を　つくったのだろう
だれが
こんなにも　豊饒《ゆたか》な音楽を　奏でているのか

Dawn Chorus

地上で　鳥たちがさえずるころ
空にも　透明な鳥のさえずりが満ちる

太陽から吹いてくる　粒子たちの歌は
鳥のさえずりに　似ている
まるで　宇宙を翔《か》ける透明な鳥に憧れ
地上の鳥たちが　さえずりはじめたかのように

宇宙は　わたしたちに似ていて
わたしたちは　宇宙に似ている

地上で　鳥たちがさえずるころ
はるばると　真空の闇をわたってきた
見えない小鳥たちの歌が　光とともに空に満ちる

石炭袋

それは　そらの孔《あな》　暗黒星雲
銀河の星の海に投げだされた　まっ黒な石炭袋

　その底がどれだけ深いか　その奥に何があるか
　いくら眼をこすってのぞいてもなんにも見えず
　ただ眼がしんしんと痛むのでした

詩人がそういって　畏《おそ》れた場所で
宇宙を漂う塵《ちり》や　砕け散った星のかけらが集まって　渦を巻き
新しい星が　生まれようとしている

銀河鉄道の終着点は　新しい命の出発点
死を超えて　輪廻《りんね》しようとする　星の生成領域

そこから　再びはじまることを
もしかしたら詩人は　予感していたのか

真昼の星

青空に　望遠鏡を向けると
あふれかえる白い光のなか
きらり　と針の先で突いたような
煌《きら》めく光の点が見えた

青空のただなかの　真昼の星

こんなに明るい真昼の青空は
億という星を隠している
吹きわたる透明な風に
無数の宝石を織りこんでいる

そう知った瞬間
わたしが変わる　世界が変わる
もっと美しく　もっとまばゆく

青空の星

空の散乱反射の光の海に　星が埋もれている
カシオペイアは　いま　あの青空のただなか
どんなに明るい真昼でも
わたしは　見えない無数の星の光を浴びている
星の光の森を　歩いている

隠された星

白い雲の波の果ての
青い青い空の底に
隠された星の数を
わたしは　知らない

その星をめぐる惑星の数を
わたしは　知らない

惑星のうえに生まれた命の数を
わたしは　知らない

その生命《いのち》は
わたしたちと同じように
歓び　哀しみ
宇宙にある孤独を
感じているだろうか

青い空に隠された
無数の思いは　聴こえない
けれど　わたしは　呼びかける
青く透明な空に

わたしは　ここにいます
あなたが　そこにいてよかった

重力の呼び声

目に見える　すべての星の
目に見えない　すでに砕けた星の
これから　生まれくる星の
星をめぐる　すべての惑星の
惑星をめぐる　すべての月の

呼びかける力が　聴こえる

その宇宙の　すべての歌よりも
くっきりと　巨《おお》きな声で
たったひとつの　わたしたちの月が
呼びかける力は

まばゆい闇から　きらめく青空へ
透明なまま渡り
いま　波の響きになって
わたしに　届く

満ちてくる　海
わたしのなかに　満ちてくる
遠い記憶

重力の呼び声

オーロラ

空で　光が　揺れている
いつか　揺りかごのなかで
まどろみながら見た　風景

光のカーテンの裾《すそ》は
ゆったりと揺れ
時に　はげしく翻る
太陽からの風に吹かれて

その風に晒《さら》されて　生物は生きられない
地磁気が　命を守っている
やわらかな掌のように
荒ぶる風を　そっと迂回《うかい》させ

空に燃える炎は　その証《あかし》
オーロラが燃えあがる
暗い宇宙に
ここに生命はあります　と示す
たいまつのように

その炎は
カシオペア輝く　北の空を照らし
サザンクロス光る　南の空に舞い
氷河さえ赤く染める

空で　光が　揺れている
生命の揺りかごで
まどろんでいる　子どもたち
夢見つづける　わたしたち

月蝕

真空の闇に引かれた　見えない軌道を
太陽と地球と月とが　音もなく運行していく

軌道は　いつも少しずつずれ
　満月は　いつもわずかに歪《ゆが》む
　　軌道は　いつも少しずつずれ
　　　満月は　いつもわずかに歪む

空にかかる歪んだ満月

月が　完璧な真円になるのは
太陽と月とが
地球をはさんで一直線に並ぶとき

そのとき
地球の影が　月に落ちる

完全な円
だからこそ　欠ける月

完全な円
だからこそ　欠ける月
落とされる　深い影

遠い影

太陽と　地球と　月とが
ひとつに並ぶ　聖なる刻《とき》

太陽からの光が
月に
地球の影をおとす

朝
急ぎ足で舗道をゆく人々に
ひとつひとつ影を寄り添わせた
太陽の光が

真昼
草原に生える巨《おお》きな樹に
やわらかな木陰をつくった
太陽の光が

夕暮れ
渚を駈ける少年に
どこまでも伸びる長い影をつくった
太陽の光が

いま
はるか　真空の闇をくぐり抜け
遠く月に
地球の影を　落とす
わたしの影を　落とす

流星群

星のかけらたちが
遠い宇宙をめぐり
再びここへ　もどってくる夜

燃えながら
美しい光の尾を描いて
この惑星に　堕《お》ちてくる
無数の星のかけら

もう　戻れない　空に
もう　戻れない　星の海に

だけど　ここに　来たかった
青く光る空と
白く砕ける波を
風にそよぐ緑と
空を渡る鳥たちを
見たかった

大気に満ちる光と
光に満ちた音楽を
聴きたかった

だから　やってきた
ここに　やってきた

流星群
いま　この惑星になる　星のかけらたち

光の化石

空のどこを見ても　ざわめきが聴こえる

絶対温度三度
光の化石の微かなぬくもり
物質のすべてが
針の尖《さき》の一点に集まっていたころの
ほのかな思い出

森も　森の向こうの海も　海に湧きたつ雲も
すべてが　ひとつだった
月も　太陽も　何億光年離れた星や銀河でさえ
たった　ひとつだった

そして　ぼくも

波の音も風の音も　懐かしく耳に響くのは
そのせいだろうか
遠い星の光を　いとおしく思うのは
そのせいだろうか

きみはぼくで　ぼくはきみだったから
ぼくはきみで　きみはぼくだったから

　絶対温度三度
　宇宙に満ちる　光の化石
　わたしに満ちる　光の記憶

光の記憶

はじめに　光があった

光の海のなかで
生まれては消え　消えては生まれた
物質という名の　子どもたち

限りなく巨大な爆発が
子どもたちを　遠く
果てしなく遠くへと　吹き飛ばす

さようなら　さようなら
もう　会えないかもしれない
どこまでも　行くのだから
時間の果てまで　行くのだから
さようなら

だけど　きみに会いたい
いつか　きみに会いたい
どんなに遠い時間の果てでもいい
きみに　会いたい

だって　わたしたちは　ひとつだったのだから
はじまりの光のなかで
すべては　たったひとつだったのだから

引き合う力が　引力になり
遠離《とおざか》るだけの　宇宙のなかで
散らばりゆく粒子を　結びつけた

巨大な分子の雲のなかで　はじめての星が生まれた
星の放つ　まばゆい光
銀河が　めぐりだす

けれど　時は　星にも死をもたらす
やがて　星は燃えつき
再び　宇宙に砕け散った

けれど　また会える
きっと　また会える
星のかけらは
いつかまた星となり　惑星となり
遠い旅を　続けていくのだから

そして　いま　ここにいる
あなたの形をして
わたしの形をして
ここに　この地球に

目を閉じて抱きあえば見える
まばゆい光
遠い　はじまりの記憶

すべてはひとつだった
どんなに遠い星雲も　巨大な銀河も
無限の光に抱かれて　わたしたちは宇宙になる

青い惑星

その惑星が　そんなに深いブルーだとは
だれも知らなかった

太陽系の果てにある　青い惑星
冷たいメタンガスの大気は
地球をのみこむほどの　渦を巻いて
巨《おお》きな　青い瞳になる

瞳は　太陽を見つめる
それは　はるか四十五億キロの彼方
星々にまじる　わずかに明るい点に過ぎない

ひかりは遠い
ぬくもりは　とどかない
ひかりは遠い
ぬくもりは　とどかない

惑星は　夢を見る
太陽に焦がれて　まぶしい光の夢を見る
青い空
青い水
はるかな青い空
きらめく青い水

惑星は知らない
太陽系に
もうひとつの　青い惑星があることを
そこに　海があることを
その海が　青く輝いていることを

惑星は知らない
海から生き物が生まれ
まだ見たこともない　遠い惑星に
海の王の星という
美しい名を与えたことを

太陽から四十五億キロ
海王星は静かにめぐる

ひかりは遠い
ぬくもりは　とどかない
ひかりは遠い
ぬくもりは　とどかない

けれど　夢がとどく
地球の　夢がとどく

惑星は　夢のなか
まぶしい光を浴びて
波の音を聴く

風の神話

すべて　世界は満たされていた
欠けることなく
永遠の一瞬に　満たされた時間
無限の微塵《みじん》に　満たされた空間
何も動かない　時も流れない

けれど　何かが欠けた
そして　流れはじめた　時が　流れはじめた

宇宙が生まれた

風は波を起こし　波は光になる
光は粒子になり　粒子は星になった
星をめぐる　幾億の惑星
そのひとつひとつに　風が吹く
風の歌う旋律のなかで　命が生まれる

惑星の上
風は歌いながら
緑の森を吹き抜ける
木洩れ陽は踊り
子どもは　それを見て笑う

生命は　夢見る水
そして　流れる風
一瞬として　停《とど》まることを知らない　歓喜の宴《うたげ》

けれど　哀しい
どこか　哀しい

風が　探しているから
失われた世界のかけらを
失くした言葉を
風が　探しているから
いまも　探しているから

月はいつも空のなかで半分だけ輝いている

月はいつも空のなかで半分だけ輝いている
どんな夜も
真昼でさえも
月はいつも空のなかで半分だけ輝いている

珊瑚の月

月が　満ちる
月が　満ちて
潮が　満ちる

月明かりの　海の底
珊瑚《さんご》は　いっせいに卵を産み
幾億の小さな月を産み

月の光は
ゆらゆらと　水底まで青く射しこみ
幼い月たちの　光の揺りかごになる
波の子守歌を　口ずさみながら

月が　満ちる
月が　満ちて
命が　満ちる

月の鏡

そして　また　月が満ちる
美しく　円《まる》い　鏡になって

鏡は　映す
欠けては　満ち
満ちては　欠けた
幾億の月の貌《かたち》を

月は　映す
生まれては　滅び
滅んでは　生まれた
幾億の命の貌を

月光に照らされた　古《いにしえ》の海と森
月を見あげた　獣と人の眼差し

その記憶の　ひとつひとつを
真珠色の　淡い光の層にして
幾重《いくえ》にも　幾重にも　重ね

たったひとつの円《えん》のなかに
いま　なみなみと満たし

今宵　また　月が満ちる
こよなく円い　鏡になって

東の地平から　西の地平へと
天の軌道を　運行してゆく

月の記憶

どれだけの　滅びた種族が
月を　見あげただろう
空に浮かぶ　真珠のような月を

滅びた鳥
滅びた魚
滅びた恐竜たち

いまはもう
石に刻まれた記憶となった者たちは
青い月明かりのなかで　夢を見る

滅びては　甦《よみがえ》り
欠けては　満ちる
永遠の　夢を

どれだけの　新たな種族が
さらに　滅びゆくのだろう
記憶に満ちた　時の井戸を
ただ　声もなく見あげながら

いつの日か
大地から遠く離れてしまった者たちは
空を見あげることもなく　夢見ている

滅びることも
欠けることもない月を
煌々《こうこう》と空に掲げている夢を

月の謎

月がかけた謎を
人は
まだ　解けない

月は満ち　月は欠け
王国は栄え　王国は滅び
今宵《こよい》再び　月が昇っても

月がかけた謎を
まだ
誰も　解けない

月迷宮

月は　迷っている
迷わなかった月など　ひとつもない
だから　夜ごとに形を変える

わたしは　待っている
迷いながら満ちた月が
地平線から　昇るのを

それは　宇宙の迷子
まるで　わたしのような

月と凪の子守歌

夢の地平に昇る月は
昇りながら　形を変える
さっきまで　三日月だったのに
ほら　もう満月

行くことのない土地に吹く凪が
小さな竜巻になって
その月を　追いかけている
いくつも　いくつも
後になり　先になり

けれども　つかまえられない
つかまるはずがない
どこまで　いっても
いつまで　たっても
形を変えながら　逃げていく月

月を欲しがった子どもが
きょうも泣きながら　眠りにつく
月明かりの頬に　涙の跡を光らせ
夢の地平から吹いてくる風を　子守歌に

月の夢

打ちすてられ　朽ちはてた遺跡の
崩れかけた大理石の螺旋《らせん》階段を降りていくと
目の前に突然　美しい入江が開けた
縁《ふち》を虹色に光らせた雲の切れ目から
月の光が射している

波が揺れる
光が揺れる
夢が揺れる

まだ　出会ったこともないのに
もう　忘れ去ってしまったものたち
まだ　出会ってすらいないのに
すでに　失ってしまったものたちが
いっせいにささやきだす

ささやきは　波の音になり
入江の隅々にまで　響きわたる

砕ける波に　ひるがえる白い欠片《かけら》
思わずひろえば　それは小さな釦《ボタン》
幼い日に失くした　白い貝の釦

おどろいて顔をあげれば
階段は　すでに崩れはて
水平線から　淡い月の虹が立ちあがって
わたしを　招く

吸いこまれるように　虹を天へと滑り
気がつけば　はるか空の高み
凍るような月光のなか　わたしは遠い入江を見ていた

眠りの底で
夢はいつも月に帰る
夢はいつも月に帰る

月の井戸

月には　石英の砂でできた砂漠があり
その砂漠のはてに
水晶で囲まれた　小さな井戸がある
深く降りれば降りるほど
まぶしさの増す　光の井戸

地上をはなれたすべての魂は
青い透明な翼をつけて
その井戸にかえっていく
明るい月夜の晩には
水を満たしたような空に
翼の縁《ふち》が　わずかに光る

月の井戸には　底がない
どこまでも深く
どこまでもまぶしい光の洪水のなか
魂は　みな微塵《みじん》のかけらになり
あらゆる記憶とともに渦を巻き
底なしの井戸を　いっぱいに満たして
満月の晩に　溢れだす

だから　月の光にひたされる夜

あらゆるものは
この地上で傷ついた魂を
その光で癒すのだ

木も草も　鳥も獣も　人も魚も
ひと粒の砂さえも
だれかの魂の微塵をもらって
だれかの輝く記憶をもらって

満ちたりた夢

水平線の向こう
ここからは見えない遠い海で
満月が皓々《こうこう》と輝いている

波のなかに
微かに伝わってくるのは
その月の光

青く澄みわたる真昼の空の下
水は　もう月を宿している
海は　もう夢を孕《はら》んでいる

今宵生まれる
満ちたりた月を
満ちたりた夢を

月の祈り

繰り返し　繰り返し
美しい夢が　生まれるように
たとえ　形を変え　姿を変え
時に　見失うことがあっても
永遠に変わらぬ
たったひとつの　美しい夢が
きょうも　大地を照らすように
ふたたび　わたしに訪れるように

海に　祈りを捧げる

やがて　昇りくる
途轍《とてつ》もなく大きな
途方もなく美しい
円《まど》かな　月

夢

わたしが　夢を見
夢が　わたしを見ている
青い静かな夜の底で

夢の町

わたしのなかに
わたしの知らない
もうひとりのわたしがいて
夜ごとに
見たこともない町をさまよう

行ったことのない港町の
会ったこともない人々と
飲んだことのない酒を酌《く》みかわし
聴いたことのない音楽で踊る

わたしのなかに
わたしの知らない
もうひとりのわたしがいて
夜ごとに
まだ語られたことのない物語を語る

失われたものたちの国

翼をひろげ
風をはらんで
ゆるやかな螺旋《らせん》を　描きながら
舞い降りていく光の底に

ひとつの島があった

遠い日につくった　砂の城が
いまも　少しずつ風にさらわれている島
岩のうえに置き忘れた　貝殻が
いまも　朝ごとに打ち寄せられる島

書きかけのまま　打ち捨てられた手紙が
午後の光のなかで　ひるがえり

渚で拾われた色彩々《いろとりどり》の小石は
小さな手の温もりを宿したまま　波に洗われている

失くしたことさえ
忘れられてしまったものたちが
波の音に　抱《いだ》かれて
ひっそりと息づいている　島

翼をひろげ
風を感じて
ゆるやかな記憶を　滑りながら
舞い降りていった　心の底に

失われたものたちの国があった

悲しい夢

悲しい夢を見た

光のかけら砕ける空を
どこまでも昇っていく
まぶしい　夢を　見た

空の高みは
淡い光を放つ　紗《うすぎぬ》の雲で覆われ
永遠のように
幾重にも幾重にも　織りなされ

天上からの光は
微かに屈折しながら　虹色に霞み
鳴りやまぬ音楽のように
天蓋《てんがい》に満ちていた

真珠色の微粒子の散乱する空を
どこまでも昇ってゆく
水のなかを駈け昇る　ひと粒の泡のように

淡い雲を一枚　また一枚とくぐり抜けると
身に纏《まと》う紗を脱ぎすてたように
わたしは　さらに軽く
さらに　透きとおり

いつしか
透明な一対の翼になって

昇るほどに　まぶしく
それでいて　やわらかく
光に満ちた最期の雲を　くぐり抜けると

なにもなかった
なにも

美しい夢を見た

月の神殿

そこには
石英でできた神殿があって
果てしなくつづく　巨大な柱の列の
いちばん奥まった場所に
石の卵がひとつ
大理石の台座のうえに　置かれている

まるで蛍石のように
卵のなかに
淡い緑が透ける

それは　透明な翼
森を吹き抜けてきた
そよ風を織りなしてつくった
かろやかな翼

翼にくるまれて
ひとりの少女が眠っている

少女は　夢見ている
時のはじまりから　ずっと
世界よりも　巨《おお》きな
宇宙よりも　永い時を

すべて　夢は
そこから　やってくる
月の神殿に眠る
少女の夢のなかから

眠りのなかへ射しこむ
月明かりになって

月への翼

月夜に　遠く夢見る者は
背中に　青い翼が生える
月の光に　透きとおる
海より青い　翼が生える

月夜に　遠く夢見る者は
羽ばたきもなく　夜空を翔《か》ける
夢より速く　夢より遠く
遥かな月への　軌道を翔ける

月夜に　遠く夢見る者は
星より静かな　音楽になる
羽根も体も　きれいに透けて
羽ばたきだけの　音楽になる

夢のパレット

森と草原から
百の緑を

空と海から
千の青を

太陽と月から
億の黄色を

炎と花々から
無限の赤をあつめた　夢のパレット

今宵　眠りのカンヴァスに描く
まだ　だれも見たことのない夢

月の音盤

あの　まんまるい月に
水晶の針を　そっと置いて
三十三と三分の一回転で　廻《まわ》すと
雑音混じりで　流れだすジャズ
在りし日の　Whitenoise 楽団の音色《ねいろ》

星の楽譜

きらめく星は
あれは　ほんとうはオルゴール

北極星を軸に　ゆっくりと回る
水晶の円盤に埋めこまれた　金と銀のピン

耳を澄ませば
ほら　聴こえる
星座たちの旋律

夜の虹

回転木馬にまたがって　終わりのない音楽を廻《めぐ》りつづける　幼子の夢
歓声に包まれ　ゴール直前をいつまでも走りつづける　走者の夢
半音階の螺旋《らせん》階段を　果てしなくのぼりつめる　恋人たちの夢
鏡のように凪《な》いだ記憶の海を　彼方へと漕ぎわたる　老水夫の夢

夢は　廻りながら　空の高みにのぼり
月光に晒《さら》されて　夜の虹になる

雨月夜

雨の夜も　月は光っている
雲の頂を　七色に波立たせ
見わたすかぎりの雲の海を　静かに照らしている
その光がひそやかに　眠りのなかに忍びこむから

雨の夜に　人は夢で空を泳ぐ
虹色の波を蹴りながら
雲の海を泳ぎわたる　青い人魚になる

水の庭園

その森は　水の庭園

月の光が　細い銀の糸になって　降り注ぐ夜
森は　徐々に透きとおる

樹木は　大地から静かに立ちあがる　緩慢な噴水
ゆるやかに揺れるその枝先から　葉脈のしぶきが飛び散る
そのひと滴ひと滴が　月光にきらめき　満天の星を映す

幾千もの透明な樹木が並び立つ　月光の森で
ただ　水だけが　きらめいている

星の消えぬ夜の物語

その夜には
どの川でも
川面に映った星は
ひとつも消えることなく
水とともに　流れていったので
次から次に　流れくる水に
次から次に　星は映り　幾重にも重なり
きらめく星が　光の帯となって
大地を　祝福しながら
ゆったりと　蛇行していったので
その果ての海は
とうとう　星でいっぱいになり
星と星とが　触れあって
ざわざわと　ざわめくほど
夜明けには
空よりも明るく　光を溜めていた

氷の花

夢の底で咲いていた　氷の花
地平線まで咲き誇る　透明な花

あれほど夢中になって　摘んだのに
摘むはしから
手のなかで溶け
消え失せてしまったけれど

目覚めたとき
確かに　わたしは
強い薄荷《はっか》の匂いに　包まれていた

朝の香り

夢のなかで歩いていた
森の香りが
目覚めても　なお
こんなにも強く
わたしを包んでいるから

朝の光に消えてゆく
もうひとつの国を

わたしは　まだ
見ることができる

都市の記憶

百年後の廃虚に
いま
棲《す》んでいる

千年後の砂漠に
いま
生きている

無数の窓が
鏡になって
青空を反射している
だれも　見あげない

区切られた四角い空を
すべる昼の月
よぎる鳥の群れ

大理石の壁のなかで
アンモナイトは　夢見ている
時の彼方を

エレベーター・ホールに
ときおり響く　波の音
だれもが　空耳だと思っている

一万年後に　ふたたび海となる地に
いま
都市がある

百万年後に　だれが
それを
記憶しているだろう

Summer in the City

空を映すはずの　ビルのガラス窓が
いっせいに　きらめいて
青い海原を　映す

だから　こんな都市のまんなかで
ふいに
海の匂いがする

ガラス窓に映った　海のなかを泳ぐ
都市の人魚たち

ここでは　人が
海に　いちばん近い

Cityscape

ビルとビルに
きっかりと区切られた
四角い空を
銀色の機体が　翔《か》けていく
まっ白い軌跡を　描きながら

あの太陽の向こう側
そのずっと先の
空の深みを　見つめてみても
見えてはこない
こんな風景をもった惑星は

結晶する都市
この惑星だけの　美しい風景

結晶都市

都市が　夢見ているから
夜は美しい
まるで　光でできた森

光の森で
やさしい獣は眠る
かなしい獣も眠る
あたたかい闇にくるまれて

獣たちは
夢のなかで　森を歩く
もう二度と戻ることのできない　遠い森を

いつから　ここにいるのだろう
どこから　やってきたのだろう
なぜ　ここにきたのだろう
こんなにまぶしい　光の森に

ほんとうに　戻りたかったのは
この森ではなくて
まだ地上に　鉱物しか存在しなかった
遠い時間
獣にすら　なる前の

だから　都市は結晶する

都市が　夢見ているから
夜は美しい
まるで　光でできた水晶

Midnight Blue

空は暗く
青く澄んで
人は街に
沈む小石
流れる時に　さらされながら
人は　どこに運ばれていくのか
流れる時の　川の果てに
永遠の　海はあるのか
空は
暗く
青く
澄んで
水の
底で
街が
光る

Rhapsody in Blue

青い光　青い影　青い夢のなかの　遠い水
ハイウェイはみな　青い水をたたえた　美しい流れになる

黄砂

天幕に掲げられた　三日月の旗を
ちぎれるほど　はためかせた風が
海を越え
いま
この空を　淡くかすませている

風のなかに聴こえる　見えない旗のはためき
黄色い空に彷徨《さまよ》う　見知らぬ砂漠の匂い

少年は　アスファルトに
ふいに　砂漠の幻を見る

遠い昔
まだ　ここに生まれてくる前
馬で駈けめぐった　あの砂漠の幻を

After the Rain

たったいま　水からあがったばかりの野獣のような
たったいま　海から隆起したばかりの陸地のような

雨あがりの都市

都市の秋

月の神殿で　水晶の卵がかえったので
空は　どこまでも青く透きとおった

交差点で　人は　ふと空を見あげる
なぜ見あげたのか　理由を知らずに

絹雲《けんうん》が　それとわからないほど揺れているのは
透明な翼が　群れをなして羽ばたいているから

大理石の谷間に高らかに響く　硬質なヒールの音
香水は　いつのまにか　見知らぬ香りを放っている

幼いころ暮らしていた　坂だらけの港町の
路地という路地を満たした　金木犀の香りを

月の神殿で　水晶の卵がかえったので
季節のない都市に　秋が生まれた

天使の夜

その天使は
あまりに巨《おお》きく　希薄だったので
誰の目にも　見えなかった

透明な羽根のした
光の都市を　まるごと
そっと　卵のように抱《だ》いたので
子どもたちは　みんな
きれいな夢を　見た

生まれたばかりの赤ん坊など
ついさっきまでいた場所のことを　思いだして
ここが　もう地上だと
気づかなかったくらいだ

ほら
赤ん坊が　笑っている
眠りながら　微笑んでいる

Merry Christmas

つかのまの　命
だから人は　永遠を思う

きらめく星
こおれる月
聖なる森の
聖なる響き

ながれる河
きえゆく時
瞳にうつる
一瞬のいま

つかのまの　命
だから人は　人を愛す

冬のニューヨーク

これから眠りにつく人と
目覚めたばかりの人が　すれ違う街角
ビルの隙間から
まっすぐに伸びてきた光のなかで
一瞬　影絵のように
ぴったりと重なった人影が
足早に離れていく

G'morning

と早撃ちのように投げかけた
白い吐息だけを残して

人魚の夢

その夢は　明るくて
途方もなく　眩しく
なにも見えないほど
光り輝いているから

青く揺らぐ大気の底の
結晶都市の人魚たちは
眠らずに　夢を見る
目を開《あ》いたまま　夢を追う

ひとかけらの　闇を探して
あたたかな　闇を求めて

ガラスの街

ほんとうは
ここは　ガラスの街

目を閉じれば　見える
ガラスでできた　ビル
ガラスでできた　舗道
ガラスでできた　街路樹の下を歩く
ガラスでできた　人々

ほんとうは
だれもが　すきとおって
だれもが　こわれやすい

だれもが
遠い空の色を映す
透明な心を　抱えている

Quiet Jungle

忘れられていた　百億の草の種と
思い出されることのなかった　千億の木の実が
眠りの底のあたたかい暗闇で　目覚める

音もなく芽をふく草
音もなく伸びていく枝
音もなく絡まる蔦
音もなく開く花

色も形も闇に埋もれたまま　音もなく育っていく密林

黒豹《くろひょう》が頬をかすめ　しなやかに通り過ぎても
大蛇《だいじゃ》が首筋をかすめ　なめらかに滑り去っても

きみは月明かりのなかで
静かな寝息をたてたまま

Perfume Garden

赤い薔薇《ばら》
青い薔薇
微《かす》かに琥珀《こはく》の色をした薔薇
悲しみよりも白い薔薇
血の色の薔薇
咲き乱れる野薔薇
星のように硬いつぼみ
こじあけられる花びら
ひらかれた花びら
散ってゆく花びら
薔薇の木のあいだを足音もなく歩く麝香猫《じゃこうねこ》の
やわらかな足の裏が
黒い土にこぼれた花びらを踏む

めまいに似た強い香りのなか
薔薇のなかに　棒のように倒れこむ少女

真夜中の空を翔けるもの

真夜中の空を翔《か》けるもの
百億の星　千億の夢
滅びた種族の魂の群れ

光の遺跡きらめく空を
翔けていく鳥
翔けていく魚
翔けていく獣
翔けていく人

そのそれぞれが夢に見た
億万の夢がそれぞれに
虹の翼の群れとなり
星海原を駈けめぐる
地の力から放たれて
無辺無方の彼方へと

真夜中の空を翔けるもの
百億の星　千億の夢
滅びた種族の魂の群れ

無垢なる故に滅びゆく
やさしき者の魂の群れ

時の軸

だれも　行ったことがない
けれど
だれもが　夢のなかで知っている
青く深い場所で
時の軸が回転して
新しい星を指す

すると
流れはじめる
新しい時が
わたしに
わたしたちに
わたしたちをとりまく
すべてのもののなかに

秘密の庭

少年たちは
セピア色に煙《けむ》る街から
遠い過去と　まだ見ぬ未来とに
同時に属するものを集めて
その庭に　埋めた

遠い日の　秘密の庭

今夜　その庭で
青いガラスのかけらと
歯車とでできた蝶が
羽化したことを
まだ　だれも知らない

秘密

だれにも言っては　いけない

満月の夜
月の光が
そこだけ　束ねたように
青く輝く場所がある

そこには
夢の結晶が　埋まっていて
その重力で
月の光が　集まるのだ

重力の強い晩など
そこから　月の虹が湧き
夢の欠片《かけら》が
万華鏡のように光りながら
吸いこまれていくけれど

もし
それを見ても
だれにも言っては　いけない

Liquid Sky

それは　よく晴れた日のこと

空に向かって　小石を投げると
まるで　鳥のように
まっすぐに　飛んでいって
そのまま　空に吸いこまれた

さざ波をおこして
空の深みに
どこまでも沈んでいく　小石

波は
幾重《いくえ》にも　円を描いて
空いっぱいに　広がり
そして　消えた

それは　よく晴れた日のこと
空に向かって　小石を投げると
鳥のように　飛んでいって
二度と　戻らなかった

光の音楽

光を背に
その人は　いった

百年したら　芽が出て
もう　百年たったら
見あげるほどの　巨《おお》きな木になる
それから　また百年たった　満月の晩
どの枝にも　こぼれるほどの花が咲いて
いっせいに　実がなるんだ

呪文をとなえて　植えたのは
ひと粒の　青いビー玉

その日から
ぼくは　夢を見るようになった
あの　秘密の庭になる
透明な果実の夢
風に揺れて鳴る　光のような音楽を

音の万華鏡

ぼくは　立っていた
ひとり　草原のまんなかに

耳にあてていたのは
大きな白い巻貝

打ちよせる波の音
風をきる翼の音
流れゆく砂の音

はじめて飛んだ蝶のはばたき
ひらいてゆくつぼみのきしみ
吸いあげられる水のざわめき

万華鏡のように
貝殻からは　つぎつぎと音が溢れだし

ぼくは　立っていた
宇宙のまんなかに

耳にあてていたのは
青く光る地球

老水夫

その年老いた船が
陸《おか》に引きあげられてから
もうどれくらいたったのか
だれも知らなかった

船は　いつも嗅いでいた
海の匂いを
船は　いつも聴いていた
波の音を
かつて　見知らぬ港へと導いてくれた
星々を　遠く見あげながら

ある夜のこと
なじみの水夫がもどってきた
船のようにひどく年老いてはいたが
たしかに　あの水夫だった

水夫は錨をあげ　帆をかかげた
月の光を　いっぱいに帆にはらみ
船は　漕ぎ出した
空へと

その夜　町の人々は夢のなかで
星のあいだを
ゆっくりと航行してゆく船をみたという

その日からもうだれも　あの船を見ていない

ほら　港の片隅の　あのがらんとしたところ
そこに　あの船はいたんだ
いまは　日が射しているだけだけど
たしかに　あそこにいたんだよ
いまごろは　どこの港だろう

そういって　老水夫は
まぶしそうに　空を見あげた

蜜蜂のささやき

草原に降りそそぐ　琥珀色《こはくいろ》の光のなか
蜜蜂の羽音だけが　かすかに聴こえるとき

時間は　止まる

そして　永遠　が
少女に語りかける

世界の秘密を　教えてあげよう
（きみだけに）
深い井戸のなかに　棲《す》んでいるのは
あれは　地に墜《お》ちた　流れ星
（きみに　会いたくて）
森の木の葉のささやきは
きみを呼ぶ　精霊の声
（世界の　はじまりから）

湖のほとりの洞窟には
怪物が　隠れていて
きみが　見つけてくれるのを
もう百年も　待っている

（じっと　息を凝らし）

きみに
きみだけに会いたくて
世界のはじまりから
じっと息を凝らしている

草原に降りそそぐ　琥珀色の光のなか
蜜蜂の羽音だけが　かすかに聴こえるとき

風の声に
少女は目覚め

世界のまぶしさに
思わず
手をかざす

青いパパイヤの香り

パパイヤの枝から
白い樹液のしたたる朝
少女は
ふたつに割った青い実のなかに
いっぱいに詰まった白い種を見つけて
そっと指を触れる

繰りかえし　繰りかえし　訪れる朝に
繰りかえし　繰りかえし　火は熾《おこ》され
中庭に　煙はあがり
いつもの朝《あさ》餉《げ》が　用意される

その　いち日ごとに
おとなたちは　少しだけ年老い
こどもたちは　少しだけ背が伸びて
少女の胸が　かすかに膨らむ

パパイヤの枝から
白い樹液のしたたる朝
乙女は
つややかに実った種のひと粒を
そっと指でつまんで
満月の皿に落とす

Lazy Afternoon

風さえも
読みかけの本のページを
めくろうとはしない

木洩れ陽さえ
ふと息をとめる

何もしない
誰もこない
時さえも
流れをとめる
けだるい　夏の　午後

光の旋律

木洩れ陽の射すテーブルの
一杯の冷たい水
風が吹き抜けると
グラスは光を透かし
読みかけの本のページに
小さな虹を投げかけた
まるで　七色の五線譜のように

初夏の空と風がくれた
ささやかな光の旋律

空の夢

そのピアノは
ピアノになる前
天翔《あまが》ける鳥の　一対の翼だった

だから　いまでも
木洩れ陽を浴びると
ふいに　空の旋律を奏ではじめる
だれも　弾いていないのに

Art of Tea

一服のお茶に
映る　緑
映る　鳥
映る　風

掌のなかに
映る　人
映る　雲
映る　空

茶碗のなかの　無限の宇宙を
いとおしく　両手で包み
飲み干す　一瞬

紫水晶

結晶のなかで
火と水が眠っている

炎の赤
水の青

抱《いだ》きあえぬものたちが
重なりあい　溶けあい
ただひとつの
夜明けの色になって

結晶のなかで
夢見ている

オパール

石のなかで　火が燃える
火のなかで　水が揺れる

虹と極光と蒼穹《そうきゅう》の破片を
天の火で灼《や》いて融《と》かした
玻璃《はり》の大地に萌《も》えいづる
妙なる樹木の無数の小枝
その枝先にたわわに繁り
天なる微風《びふう》にひるがえる
葉のきらめきを掬《すく》いとり
ちいさき石に閉じこめて

石のなかで　水が揺れる
水のなかで　火が燃える

ダイヤモンド

太古の海で
まどろんでいた生命《せいめい》たちは
生まれては死に
生まれては死んで
雪のように降り積もった
深い海の底に

時は
海の底を奈落に飲みこみ
途方もない熱と力とで
生命の記憶を
美しい結晶に変えた

単結晶　炭素
結晶した生命の記憶

ダイヤモンド

そのきらめきのなかに
命の歌が聴こえる

遠い時間の果て
わたしも　いつしか
ひとかけらの美しい結晶となり
歌うことができるだろうか
まばゆいこの命の記憶を

盈《み》ち虧《か》け

追いかけて　追いかけて
影をつかまえれば　満月
輝きのなかに　光は影を見失い

追いかけて　追いかけて
光をつかまえれば　新月
暗闇のなかに　影は光を見失う

わたしはあなたで　あなたはわたし
果てしない　光と影の鬼ごっこ

ひとりの夜に

わたしのなかには　海があって
ときどき　無闇に溢れだすから
わたしは　波にさらわれて
あてどなく　漂流しはじめる

月もなく　船もなく　陸も見えない
空で　星だけが光っている

呼んでも　聴こえるはずもないから
波にゆられて　黙って泣いている

すると　星は幾重《いくえ》にも滲《にじ》み
海はさらに広がる

見知らぬだれかの　夢のなかにまで

青空

風に　とぎれとぎれに
天の音楽が　聴こえてくる

わたしが　まだ
あの雲の入江を泳ぐ　小さな魚だったころ
かなしみ
という言葉さえ　知らなかった
地上は
透明な青い大気の海の底
わたしは　目もくれなかった

地上のかなしみは
天上のよろこびと
同じ色をしている

ただ
いまは　それを
ここから　見あげているだけ

きょうも　空は
どこまでも青い

真珠貝

わたしは　大気の海の底の
小さな貝だ
どうしても　抜き去ることのできない
棘《とげ》を抱えた

わたしは　いつか
それを　悲しみ　という透明な輝きでくるみ
ひと粒の真珠にすることが　できるだろうか

遠い年月の果てに

透明な歌

喪《な》くしたものが
なんだったのかさえ
空のまぶしさのなかで見失ってしまう
つぶやきにさえならない思いを
次々と風がさらってゆく
風にのって
それは歌になる
透明な歌になって
渡ってゆく
青過ぎる空を
痛いほど白い鱗雲の彼方へ

Beach Glass

硝子《ガラス》の欠片《かけら》が
波に洗われて
いつしか
やわらかな円《まる》みを帯びるように

波にさらわれた貝殻が
忘れられたころに
ふたたび
打ちあげられるように

千の欠片に砕け散った心は
波と砂とに　惜しげなくあずけよう
時の流れに　さらわれゆくままに

それは　きっと　もどってくる
やわらかな　円みを帯びた
億の　美しい記憶になって

いつか　きっと　もどってくる
わたしの　この手のなかに

いつか聴いた歌

いつか聴いた歌が
ふいに　響きだす
どこかの街角で

忘れていたはずの
けれど
忘れることのできなかった歌が
ふいに　鳴りはじめる

あの時よりも
もっと　あざやかに
あの時よりも
もっと　まぶしく

そして　もう
鳴りやまない

いつか聴いた歌が
いまも　響いている
わたし　という楽器のなかで

冬至

いちばん長い　夜の底で
ひと粒の種は　いつかくる春を思う
いちばん暗い　夜の底で
一羽の鳥は　光あふれる空を思う
いちばん深い　夜の底で
一頭の獣は　やわらかな夢をむさぼり
いちばん遠い　夜の底で
わたしは思う　あなたを

Crystal Silence

心は　結晶して
水晶になる
あなたを思うと

言葉は　結晶して
沈黙になる
あなたの前では

輝きに満ちた　フォルティッシモの静寂

貝の舟

その夜明け
海岸には
白い貝の舟だけが流れ着いた

アフロディーテは
いまだに行方知れず

もしかしたら　きみの隣で
こっそり笑っているかもしれない

宇宙の迷子

強い日射しのなか
白く光る地図から　顔をあげたとたん
あなたは　ふと方角を見失い
途方に暮れたような顔をした

まるで　宇宙の迷子のように

見つめていると

見つめていると　消える
世界が　消える

この場所が消え
窓硝子《まどガラス》が消え
通りが消え
街が消え
地平線にかすむ山
山にたなびく雲も消え

雲を浮かべた空も
淡くかすむ昼の月も
空に隠された幾億の星
星を宿す二百億光年の広がりと
膨張する宇宙の
孤独が　消える

あなたを
見つめていると

やわらかな海

きみは　やわらかい　小さな海
いのちの記憶を　たずさえて
結晶都市を　さまよっている

都市の底で　きみに会う
きみのなかで　海に会う

人は　やわらかい　小さな海
あたたかい眠りのなかで　波の音を聴く
二十億年前の　波の音を聴く

波

たゆたう波に
ゆっくりと　溶けてゆく
わたし　という境界線

わたしは　あなたになり
わたしたちは　やわらかな夜になり
闇をなでる　風になり
またたく億の　星になり
無辺の　宇宙になり
永遠の　時になる

溶けてゆく光

溶けてゆく光
に
溶けてゆく時
に
溶けてゆくあなた
に
溶けてゆくわたし
ゆったりと流れる
春の一日

永遠

かつて　失われたもの
これから　失われるものの
すべてが
いま
ここにある

わたしを抱きしめる
あなたの腕のなかに

やさしい夜に

空が　海と
星が　森と
月が　湖と
抱《いだ》きあう　深い夜

わたしのなかに　あなたがいて
あなたのなかに　わたしがいる

海が　空と
森が　星と
湖が　月と
溶けあう　深い夜

あなたのなかに　わたしがいて
わたしのなかに　あなたがいる

闇の色

夜に包まれて
色は　眠る

闇に　目を凝らせば
眠る色の　息づかいが聴こえる

海は　青くうねる闇をたたえ
その縁は　微かに白く波立ち
浜辺で
舟は　闇よりも濃い影になる

闇に包まれて
人は　眠る

夢のなかの　一片の花びらは
闇のなかの　花びらよりも　赤い

出逢い

あの日　もし　ぼくが
あの街の　あの角を曲がらなければ

毎日　決まり切った日常を　生きているように見えて
運命は　いつだって　無数に枝分かれしている
一瞬ごとに　そのどれかを選びとりながら　人は歩む
繰り返しのきかない　人生を　ただ前へ　前へと

踏みだす一歩ごとに　道は交叉する
見知らぬ他者が一瞬ごとに選びとる　無数の道と

あの日　もし　きみが
あの街の　あの角を通りかからなければ
ぼくは　きみと出逢えなかっただろう
人生という　長い長い道の果てまで

星がないのに　星のないことを知らずに　生きていたかもしれない
月がないのに　月のないことを知らずに
太陽がないのに　太陽のないことを知らずに
きみがいないのに　きみがいないことを知らずに
生きていたかもしれない

きみは　空を満たす星
欠けても必ず満ちる月
日ごとに昇りくる新しい太陽
そして　なによりも
きみが　きみであることの静かな喜びが
ぼくを　深く照らす

苦かった日々さえ　きみへと通じる道だったと思えば
過去のすべてが　いとおしい

選ぶことのなかった　無数の分かれ道と
きみへと導いてくれた　すべての人々に
限りなく祝福されながら
いま　新しい一瞬を選びとる

神の痕跡

空から　神が降ってきた

燃えながら落ちる　巨大隕石
地上を埋めつくす　恐竜たちの目に灼《や》きついた
眩《まばゆ》い光　の記憶

言葉を持っていなかった
だから「神」という呼び名もない
けれど　思った
あれは神だ　と

大いなる水は　沸騰し
無数の塵《ちり》を　天高く吹きあげ
空は　厚い雲に覆われて
太陽も月も星も　失われた
光なき絶滅　の予言

恐竜たちは　終わりのない冬を彷徨《さまよ》う
枯れ果てた森で　灰まみれの草原で
網膜に灼きついた　眩い光の記憶だけを
唯一の救いのように　夢見ながら

やがて
最後の一頭が　大きくひとつ息を吐き
目を閉じて　動かなくなった

ただひとつの罪も犯さずに　滅びていった
恐竜　という名の　美しい生き物たち

隕石クレーター
神の痕跡は　いつも美しい円

そして
途方もない時が　流れ
人　と名告《なの》る生き物が
地上を埋めつくした　いま

わたしたちは　知っている
青い珊瑚礁に　刻印された
こよなく美しい　満月のような円を

核実験クレーター
無数の罪を犯しながら　生きつづける
人　という名の生き物

の一人のわたし

空から　神が降ってくる
網膜に灼きついた眩い光　の予感
光あふれる　絶滅の予言

神の痕跡は　いつも美しい円

未来の記憶

遠い昔
わたしは　海から生まれた
遥かな未来
わたしは　どこへ行くのだろう

遠い昔
深い森のなかで　火を見つめていた
遥かな未来
わたしは　何を見ているのだろう

遠い昔
風や波や鳥たちとともに
巨《おお》きな歌をうたっていた
遥かな未来
わたしは　だれとうたうのだろう

いま　という一瞬は
いつも　一枚の鏡
巨大な時間の集積が　銀色の鏡になって
まだ見ぬ未来を　映しだす

わたしは　それをのぞきこむ

すると　わたしが見える
五十億光年を遡《さかのぼ》る　二重螺旋《にじゅうらせん》の無限階段
わたしのなかに広がる　遠い時間と空間が

旅に出よう
古い地層のなかから
恐竜の骨を　発掘するように
わたしは
わたしのなかの　深い記憶の海の底
透明な意識の空の果てで
まだ見ぬ未来を　発掘しよう

神話のように美しい　未来の記憶を

遠い昔
夜空に　無数の神々を感じた
遥かな未来
わたしは何を　感じているだろう
星々のきらめく　この宇宙に

新しい年

眠らない都市の光の渦のなかで　人々が歓声をあげるとき
瓦礫《がれき》の下で微かな息をしていた老人が　動かなくなる
愛する家族の写真を胸に　砂漠の兵士が眠りにつくとき
兵士に親を殺された子どもは　行くあてもなく寒さに震える
限りなく満ちたりて微笑む人を乗せ
夢のなかで泣いている子どもを乗せ
地球は廻《まわ》り
廻りつづける
きのうのように
あすのように
百年前のように
百年後のように
千年前のように
千年後のように

廻る惑星《ほし》に流れゆく時に
一本の線が黒々と引かれる
それは　新しい年のはじまりの標《しるし》

そのことを　鳥たちは知らない
魚たちも知らない
獣たちも知らない
切れ目ない無辺の時を生きる者たちは
途切れなくつづく命の一瞬を
ただひたすらに生きているだけ
きのうのように
あすのように
百年前のように
百年後のように
千年前のように
千年後のように
切れ目なく広がる大地の上
途切れないつながりのなかで
いまこの一瞬を生きているだけ

人だけが途切れない時に標をつけた
切れ目のない大地に境界線を引き
人々の血の色を分けた
その標ゆえ　人は争いの血を流す
流れる血はおなじ血　痛みは同じ痛みなのに

配信される電波の渦のなかで　人々が歓声をあげるとき
飢えた赤ん坊が　母の胸に吸いついたままだらんと腕を垂れる
摩天楼の最上階に　抱えきれない贈り物の山が届くとき
放射能に蝕まれた子どもは　母の名を呼びながら息を引きとる
限りなく満ちたりて微笑む人を乗せ
夢のなかで泣いている子どもを乗せ
地球は廻り
廻りつづける

切れ目のない時の流れのなか　新しい年が訪れる
失われた命を悼《いた》むように　世界の痛みに号泣するように
わたしは言祝ぐ　新しい年を
争いに新たな命が奪われることのないように
壊れかけた世界が　癒されるようにと祈りながら

わたしは言祝ぎたい　新しい年を
鳥や獣がその一瞬一瞬を生きるように
この一瞬を　どの一瞬をも言祝ぎたい

おめでとう
おめでとう
おめでとう

さまよえる地球の行方は
ひとりひとりの胸のなかの
ひとつひとつの祈りのなか
その小さな掌のなかに　握られているから

おめでとう
おめでとう
おめでとう

すべての人に　すべての生き物に　幸多からんことを

Je voudrais crever　ボリス・ヴィアンに捧げる

ぼくは　くたばりたい
いっそ　くたばってしまいたい
この花の森の奥の奥
千の迷路を抜けてたどりつく
有史以前から生きてきた巨《おお》きな樹の根本で
ぼくは　くたばりたい
いっそ　くたばってしまいたい
どこかで知っていたはずなのに
どうしても思い出せない
せつなすぎる花の香りに包まれ
香油を塗りたくられて　薄っぺらな永劫をまどろむ
エジプトの　哀れなミイラを思いながら
ぼくは　くたばりたい
いっそ　くたばってしまいたい
赤ん坊だったぼくの頬に
やわらかく触れた乳房《ちぶさ》の感触で

ぼくを執拗に撫でまわす春の風のなかで
まだ見えなかったぼくの目が　微かに感じていた
生まれる前にいた場所に満ち満ちていた
淡い光の渦巻くなかで
ぼくは　くたばりたい
いっそ　くたばってしまいたい
軽薄な歓びが
生きている不安を足早に追いこす前に
ぼくは　くたばりたい
地球とぼくとが
苦痛にすっかり麻痺してしまう前に
完全なる満月に落ちる　都市と人の影が
月を　真空の闇に溺れさせてしまう前に
愚かなことばたちの群れが
空を覆い尽くして
星々の名をすっかり明らかにしてしまう前に
ぼくは　くたばりたい
いっそ　くたばってしまいたい
花々が季節を忘れ果ててしまう前に
風と波との区別のつかない一瞬の時間のなかで

四角く区切られた絶望を
まだ　いとしいと感じられるうちに
透明な痛みを感じられるうちに
ぼくは　くたばりたい
いっそ　くたばってしまいたい
生《い》け贄《にえ》の山羊のように
頭のない首から　空高く太陽を噴きあげ
祝福の打ち上げ花火になって
ぼくは　くたばりたい
いっそ　くたばってしまいたい
開ききった瞳孔の奥で
真昼の星の輝きを網膜に感じながら
人々の恐怖の叫び声を
遠い海のざわめきだと勘違いして
至福の微笑みを
この春の日にゆるやかに舟のように浮かべ
きみの名前を呼びながら
失われたきみの名前を
だれも聴きとることのできない
かすれた声でつぶやきながら

ぼくは　くたばりたい
いっそ　くたばってしまいたい

だから　だれかぼくを屠殺してくれないか
ゆるやかに磨滅させるのではなく
絶望を降りつもらせるのではなく
この一瞬に
ぼくを　奪ってくれ
ぼくを　葬ってくれ
永遠に
永遠のなかに

青い幻燈

夜の底に積まれた書物の山脈の
大気も希薄な高原に
過冷却の水の湧きだす
ひとつの小さな井戸があって
そのなかを
深く降りれば　降りるほどに
透明な青は
さらに濃く　さらにまぶしい
まるで
青空の果てに　墜ちていくように

テパーンタール砂漠の北東
イヴァン王国の遠い東にある　その井戸は
アリスの兎穴《うさぎあな》よりも深く
ヴェルヌの地底洞窟よりも古い

底なしの井戸のその果てで
揺れる　一枚の青い幻燈

「ごらん、そら、インドラの網を」
「ごらん、そら、風の太鼓」
「ごらん、蒼孔雀《あおくじゃく》を」

おや　あの映写技師は……

Kenji Blue

空を　まっすぐに截《き》った
鳥の航跡は　残らない
海の底で　揺れていた
魚の思いは　残らない

遥かな地層に刻まれた化石を
発掘することはできても

いま　ここにある　思いは残らない

北の果ての海でつぶやいた　あなたの声も
ひとり森を歩いていた　胸のさみしさも
光に溶け　風に消えた

けれど
あなたは残した
青い惑星のうえに生まれた
哀しみと歓びの　明滅を
言葉
という　美しい化石にして
書物
という　地層のなかに

だから
わたしたちは　いまも見ることができる
この青のただなかに
空いっぱいの　透明な孔雀を

Blue Blue Kenji Blue

見あげれば
惑星の空は
きょうもまぶしい　Kenji Blue

美しい謎

たったひとりの忘れ得ぬ人に　語りかけるために
あなたは太陽をつくり　空に月を掲げた

海といわず　山といわず
砂といわず　水といわず
万物に降りそそぐ言葉たち
それは
大地をあたため　海原を輝かせ
世界を　より美しく
いとしいものに　変えていったけれど

あなたが言葉の地層に埋めた
宝石の欠片《かけら》や　青光りする貝の意味を
ほんとうにわかるのは
あなたから　遠く去っていった
あの人だけだった

それを思うとき
切なさに　世界は透きとおる
まるで　永遠が見通せるほどに

たったひとりの人に伝えようとしたからこそ
その言葉は　いまも
痛ましいまでに美しい

『春と修羅』

各々のなかのすべてに響きつづける
美しい謎の言葉たち

天使

パウル・クレーに

まだ　手探りの天使
まだ　立ち迷う天使

闇は　あまりに深く
光は　あまりに眩《まばゆ》く
翼のあることさえ　知らずに

まだ　ここにいる
天使

新しい天使　ベンヤミンの稚拙なる反復

楽園からの風に晒《さら》されて
天使はもう　羽根を閉じることができない

過去の果てにあったはずの
楽園を遠く見つめながら
吹きすさぶ風を羽根いっぱいに孕《はら》み
刻一刻と押し流されていく
遠く　さらに遠くへと

一瞬ごとに　背中から墜落する　天使
一瞬ごとに　未来へと転落する　天使

翼風

大天使はばたく風に晒《さら》されてわが脳髄《のうずい》の笛鳴りやまず
大天使はばたく風に晒されてわが脳髄の笛鳴りやまず
大天使はばたく風に晒されてわが脳髄の笛鳴りやまず
大天使はばたく風に晒されてわが脳髄の笛鳴りやまず

星の魚

おぼえているよ
ぼくが　まだ
天《あま》の河《がわ》を泳ぐ　小さな魚だったころのことを

あのときは　きみも　まだ
銀色の鱗をひるがえして
星のしずくをとばす　小さな魚だったね

ぼくたちは　ときどき
空の果てを　探しにいったり
お月さまを　たくさん集めてみたり
世界がひとつ終わるまで
平気で　遊びつづけた

そして　疲れると
ふたりで　ぽかんと　暗い宇宙に浮かんで
新しい銀河が　ひとつ
渦を巻いて　光りながら　生まれてくるのを
ぼんやりと　ながめていたね
まるで　もう　なんども聴かされた
おとぎ話でも　聴くように

ずうっと　そうしていたかったのに
気がついたら　ここにいた
青い大気の海の底に
ばらばらに　生まれおちてしまった

夜になれば　偽物の星が　地上を埋《うず》めるけれど
空は遠くて　本物の星には　もう　手が届かない

ここでの一生は
ぼくたちが　星の魚だったころ
笑い転げた一瞬と
同じ長さでしかない

でも会えた　きみに

ぼくたちは　もう
星の林を　勝手に泳ぎまわることもできないし
世界が終わるまで
遊びつづけることも　できないけれど

ぼくは　きみの目のなかに
宇宙よりも深い空を　のぞく

そして　そこに　見つけるんだ
いままで　見たこともなかった
それでいて　ひどくなつかしいものを

きみは　宇宙よりも不思議

だから　いっしょにいたいんだ
いつか　星の魚にもどる日まで　ずっと
ずっと　いっしょに

銀河の船

それは　招待状だったんだ

子どもたちは　みんな宝物を持っている
円《まる》い石ころは　いつかかえる恐竜の卵
錆《さ》びた王冠は　幻の王国の金貨
流れ星が降り注いで　渚のすりガラスになり
石のとれた指輪は　魔法の呪文を待っている
蝉の抜け殻　ビー玉　貝殻　釦《ボタン》……

「ほら　またこんながらくたを拾って」
母親がいくら叱っても　子どもたちはやめない
だって　きれいなものはみんな
世界の秘密を語ることばだから
子どもたちは　いつだって
ポケットや　ひきだしや　ビスケットの空き缶を
宇宙の謎と　星のかけらでいっぱいにすることに夢中だ

遊びつかれた子どもたちが
あたたかい眠りの闇に包まれる夜
それは　やってくる

夢のなかに波の音が響く
星の海から打ち寄せる波
ふいに足を濡らしたような気がして
子どもは目を覚ます

すると　どうだろう

ポケットが　ぼうっと光っている
ひきだしの隙間から　光が洩れている
ビスケットの缶のふたが　カタカタ鳴っている

子どもはベッドを抜けだし　小さな手をさしのべる
溢れかえる　まばゆい光
「やっぱり　星のかけらだったんだ！」

音楽が聴こえてくる
窓辺にかけよって　子どもは目をみはる
銀色の帆船が　ゆっくりと空を航行している
彗星のように　かすかに光る波の跡をひいて
「銀河の船だ！」

船は輝きを増し
掌のなかの星のかけらは　応えるようにまぶしく光る
船が　呼んでいる
子どもの体が　宙に浮き上がる
音もなく開いた窓から　子どもは　空へはばたく

いま飛び出してきた家が　おもちゃのように小さく見える
楽しくてしょうがない
無邪気な笑い声が　いくつも　いくつも
鈴の音のように重なりあい　夜空に響きだす
どの窓からも　どの窓からも
星のかけらを手にした子どもたちが
空に泳ぎだしてくる
空はもう　羽根のない小さな天使でいっぱいだ

船は　子どもたちを乗せて　星空へ滑りだす
高くかかげた帆に　夢をいっぱいにはらんで
銀河の岬をめぐり
嵐の暗黒星雲をくぐり
まぶしい光の海へ出る

「どこかで　きみに会ったよ」
「ぼくも」
「生まれるまえのことかもしれない」
「ぼくは　小さな恐竜だった」
「わたしは　石ころだったの
まだ生き物がいなかったから」
「その前は　どこにいたろう」
「流れ星になって　ここに来たんだ」
「そうだ　ぼくたちは星のかけらだった」
「思い出したよ
はじめはみんなひとつだった」
「そうだったね
どんな巨《おお》きな銀河も　遠い星雲も」

二百億光年をひと晩で航行して
銀河の船はまどろみの入江へ帰ってくる

「あ、ぼくんちだ！」
「わたしのお家！」

われ先にと　大気の海に飛びこむ子どもたち
まるで　七色の流星群！

けれども　夢じゃない
目覚めた時　子どもは掌に
しっかりと星のかけらを握りしめているのだから

それは　招待状だったんだ
遥かな銀河の船の
ただの石ころを星のかけらだと感じられれば
ぼくたちはいつでも銀河の船に乗れる

きっと　いくつに　なっても

Harmonium Fantasia

激しい熱と光　そして　音
まぶしさのなかで
すべてのはじまりの予感に震えていた

宇宙が生まれた

激しく渦巻く雲が晴れあがると　空間が見えた
それは　とどめることのできない速さで　膨張していた
みんな　みんな　離れていく
果てしない真空の闇が　広がる

時間とは　そうやって
ただ　孤独になっていくことだ　と思っていた
ところが　どうだろう
宇宙を漂う雲が
まるで　お互い求めあうように引きあって　ひとつになり

やがて　その中心に火が灯った
星のはじまりだった

ひとつ　またひとつと
暗い宇宙に　星の火が灯っていくのを　見ていた
そのひとつひとつが　違う音を奏でていた
驚きに目をみはり
それからじっと　宇宙の音楽に聴き入った

ある時　死んでいく星を見た
光を失い　縮まり　消えるかと思うと
にわかに強烈な光を放ちながら
大爆発をおこし
きらめきながら　宇宙に飛び散った
さよなら！　とわたしは叫んだ
けれども　もう　星はなかった

無数の星が　死んでいった
漆黒の宇宙を音もなく漂う　星のかけら

けれども　遥かな時間と空間の果てで
星のかけらは　再び宇宙を漂う雲と出会い
引き寄せられ　ひとつになった
新しい星の火がともる
死は　命のはじまりだったのだ

果てしなく膨張していく宇宙
けれど　孤独じゃない
その証拠に
星たちは　たいまつのように　火を灯しつづける
わたしは　ここにいます　ここにいます　と

けれど　夜空を見あげて
あなたがそこにいて　よかった
と応える生き物は
まだ　宇宙のどこにも　いなかったんだ

無数にある銀河のはずれの　小さな惑星で
ちっぽけな生命が生まれた
それは宇宙では　ごくありきたりのことだった

けれど　宇宙は途方もなく広い
そして　膨張している
わたしは　その膨張に追いつけない
わたしは　わずか百万光年の広がりしかもっていない
そのわたしが知っている生命は
この惑星の生命だけだった

太古の海のなか　わたしは耳を澄ませた
半透明の細胞が
太陽のぬくもりに抱《いだ》かれて　まどろんでいた
やがて　植物は
アラベスクを奏でながら　大地をおおい
魚たちは
銀の鱗をいっせいに光らせて　泳ぎまわった
惑星には　命が溢れた
生まれては死に
また生まれた
まるで　星たちのように

ゆっくりと冷えていく　大地のなかでは
さまざまな鉱物たちが　歌いながら結晶していた
ガーネット　雲母　方解石　ダイヤモンド
水晶は　一年に一拍を刻むワルツを奏で
静かに透明な結晶をのばす
鉱物は　地上の星だ

そう思ったとき　思い出した
この惑星のすべては
かつて宇宙で輝く星だったと
失われた星のかけらでできた命だから　音楽を奏でる
流れる水　たゆたう波　揺れる木々　眠る鉱物……
そして　なによりも生き物たち
鳥のさえずり　虫の音　鯨の歌　赤ん坊の泣き声……
すべての音が重なって
巨大で美しいハーモニーになって響いてくる

わたしは　百万光年の広がりを捨て
ただこの惑星にだけ　耳を澄まそう

惑星の名は　地球
わたしの名は　ハーモニウム
宇宙のはじまりから存在し
かつて百万光年の広がりを持っていた音の精霊

遠い昔
わたしは　水晶の森に棲む　半透明の生き物だった
美しい音を食べると
アクアマリンの淡いブルーに輝く生き物

いま　わたしは
赤道上空三万六千キロに浮かぶ　小さな人工天体だ
三十億年も聴き入っていた　この惑星から
いま聴こえるのは　美しい音ばかりではない

だから　空に浮かぶ　小さな鏡になって
美しい音だけを　地上に還そうと思った
みんなが　あの地球の音を
その旋律と　リズムと
巨大なハーモニーを思い出すように

だから　聴かせて
美しい音楽を　自然の声を
地球が美しい音だけで満たされたとき
わたしは空のただなかで輝くだろう
アクアマリン・ブルーに
その時　わたしは流れ星になって
燃えながら地上に降りそそごう
そして　百万光年の広がりのなかに還っていくんだ

その日がくるまで
わたしは　空の彼方から信号を送り続ける
あなたに
いま　そこにいる　あなたに

　わたしは　ここにいます
　あなたが　そこにいて　よかった
　I'm here.
　I'm glad you're there.

地球はラジオ・グリーン

地球はラジオ・グリーン
緑の夢を　発信しつづける
けれども　ぼくたちの受容器官は埃《ほこり》にまみれ
もう　その電波を受信しない
恐竜の骨のひとかけらを　発掘するように
耳の奥の埋もれた地層から
忘れられた　小さな器官を　掘り起こそう
さび付いた部品を磨き
水晶のかけらで修理して
川に水を流すように
微弱な生体電流のスイッチをいれるんだ
そうしたら　きこえるだろう
ラジオ・グリーンの電波が
ぼくたちはみんな　この惑星から生まれた
ああ　みんなにはずうっと
この歌が聴こえていたんだね

草原の尖《とが》った葉のいっぽんいっぽん
星の下で眠る象
地下深く流れる水や
まどろみつづける鉱物
湧きあがる雲や風にも
同じひとつの歌が
聴こえつづけていたんだね
ぼくも耳を澄まして
その歌を聴こう
たくさんの雑音にまぎれて
とぎれとぎれの歌を聴こう
地球はラジオ・グリーン
惑星とともに
美しい夢を見るために
ぼくは宇宙の森のなか
じっと耳を澄ませて
小さな天体ラジオになるんだ

忘れられた音楽

ただ一度　歌われたきりで
忘れられてしまった
やさしい歌が
どこかで眠っている

ただ一度　奏でられたきりで
忘れられてしまった
美しい旋律が
どこかで眠っている

この夜の　どこかで

おやすみなさい

森は　眠っているから
川も　眠っているから
行って　夢のなかで
いっしょに　遊んでおいで

空は　眠っているから
海も　眠っているから
行って　夢のなかで
いっしょに　遊んでおいで

あとがき

1990年夏、「衛星デジタル音楽放送」という謎の会社から「新しいラジオ局を立ちあげるので仕事を頼みたい」とメッセージがあった。場所は東京・青山。知り合いもいない。なぜ呼ばれたのかもわからないまま、ともかく出かけた。暑い日で半ズボンに麦わら帽子だった。

行くと、そこはまるでSFの未来世界のような美しい放送スタジオだった。壁には「タイド・テーブル」のモニターがあり、潮汐と月齢のグラフ上で「いま」が点滅している。

男性が二人がかりで「St.GIGA（セント・ギガ）」という新しい放送局の理念を解説してくれた。1時間以上も熱く語るのだ。衛星放送のペイラジオであること。赤道上空3万6千キロの放送衛星から発信すること。電波はアジア全域に降りそそぎ、衛星放送受信機とデコーダーがあれば誰でも聞ける。コマーシャルも時報もDJのおしゃべりもニュースもない。自然音と音楽とヴォイスしか流さない、24時間の途切れない音の潮流を作りたい。地球という星を、衛星の視点から見た言葉を贈りたい。争いと悲しみに満ちた地球だが、宇宙から見たら国境もない。小さな鏡となって、地球に美しい音だけを反射させたい。

どこの馬の骨とも知れないわたしに、こんなに時間を費やすなんて窓際族なんだろうか、と疑ったが、この二人こそが実はセント・ギガを立ちあげた横井宏氏とその盟友の桶谷裕治氏の2トップだった。二人はFM東京の名プロデューサーとして名を馳せ、J-WAVEを設立して大成功に導いてきたラジオ界のレジェンドだ、と後になって知った。

二人の手元には、その5月に出したばかりのわたしの初小説『小惑星美術館』があった。「局設立のブレーンである作家の沢木耕太郎さんがこの本を読んで、ぜひあなたに書いてもらうようにと」と言う。沢木さんとは面識もなく、献本すらしていない。新宿紀伊國屋で目について、買ってくださったそうだ。実はこの作品、ある版元でゲラまで出たのだが、最後の最後に「タイトルを『180日間の遠足』にしてください」と言われ、嫌だと突っぱねたら出版中止となった本だった。苦難の末に、毎日中学生新聞連載時に挿画を描いてくださった小林敏也氏にパロル舎を紹介してもらい、ようやく出版にこぎつけたのだ。版元に言われるがままにタイトルを変えなくてよかった。でなければ、沢木氏の目に留まることはなかっただろう。

本の最後に「地球はラジオ・グリーン」という、主人公の少年が書いたという設定の詩を掲げた。それがセント・ギガの理念にぴったり重なるという。「あなたに巡り会えたことは、わたしたちにとって僥倖です」と横井氏。僥倖！　さらに「来年3月の開局記念日のためのヴォイスを書いてほしい」と言われ仰天した。そんな大役を。むしろこれは、わたしにとっての、信じられないような僥倖だった。この日本に、ツテもコネも関係なく、ただ作品だけで評価し、起用してくれる人々が存在することが、泣きたいくらいにうれしかった。

しかし、注文がやけにむずかしい。「自然や宇宙、心や魂について書いてほしいのですが、ジェット・ストリームではなく、NHKの詩の朗読でもない言葉を」という。

そして書いたのが「音楽が降りてくる」と「Harmonium Fantasia」だった。俊者は「わたしはここにいます。あなたがそこにいてよかった」で結ばれている。カート・ヴォネガット作『タイタンの妖女』に登場する生き物「ハーモニウム」の言葉だ。桶谷氏の提案により、これが局のジングルとして採用されていた。セント・ギガを象徴するサウンド・ステッカーだ。

わたしは独り暮らしの自宅で、開局放送を聞いた。詩の最後にこの言葉が流れる。そこからさまざまな国の言葉で、若者の声、子どもの声、老人の声、男性の声、女性の声、色々な声で、延々と流れたのだ。その頃、わたしは人生に踏み迷ってひどく自信を失っていたから、「あなたがそこにいてよかった」と世界中から祝福してもらえた気がして、涙が止まらなかった。「わたしはここにいます」と小説を書いたら、こんなすてきな応答があったなんて！

ほどなく桶谷氏から「月に4〜5篇、継続してヴォイスを書いてほしい」と依頼された。うれしかった。１９９１〜7年にかけて、計６００篇余のヴォイスを書かせてもらった。毎月、桶谷氏から「次のテーマはこれで」と電話がある。少し雑談をする。ほんのわずかな言葉の欠片が、わたしの想像力をいたく刺激した。真実の名伯楽だった。感謝しかない。

この詩集は２００5年1月1日にすでに編集を終え、手製で製本していた。50歳になる記念に出版しよう思った。しかし、人生的多忙にまぎれ、とうとう20年も経ってしまった。

横井宏氏は１９９4年に、桶谷裕治氏は１９９8年に星の世界へと旅立ってしまった。セント・ギガも２００3年に終了。20年は早すぎたラジオ局だった。世界が混迷を深めるいまこそセント・ギガの理念が必要とされている。「夢の潮流」となって再び広がっていってほしい。

宇宙暦百三十八億年　星々の森の一隅で

寮　美千子

◆ 連載書評

1998～2000年「本の贈りもの」（共同通信／月1回）

◆ 論文

1990年　「文化ネットワークの核としての公民館活動～『連続講座・宮沢賢治を体験する』を通じて」（毎日郷土提言賞神奈川県優秀賞）

2004年度　「宮澤賢治『四次元幻想』の源泉を探る書誌的考察」（和光大学表現学部紀要。2005年9月宮沢賢治学会で、2007年12月芸術至上主義文芸学会で口頭発表）

2010年度　「東大寺修二会『お水取り』の起源に関する仮説」（奈良佐保短期大学紀要）

◆ 役職ほか

1992年　ロックフェラー基金により設立されたアジアン・カルチュラル・カウンシルの助成を受けてアメリカを訪問、NASAと先住民居留地を取材。

1996～2008年　小学館おひさま大賞審査員。

1997～8年　科学技術庁「宇宙開発委員会」専門委員。

2001～4年度　和光大学非常勤講師。「物語の作法」を担当。

2003年　国際天文学連合により小惑星8304が「Ryomichico」と命名登録される。

2006～9年度　奈良県ストップ温暖化県民会議委員。

2006年～　著作権保護期間の延長問題を考えるフォーラム発起人。

2007～16年　奈良少年刑務所「社会性涵養プログラム」講師。授業の成果を編纂した『空が青いから白をえらんだのです　奈良少年刑務所詩集』発表後、奈良少年刑務所での教育についての講演を数多く行う。2017年、鳴門教育大学全国教育実践活動コンテスト奨励賞を受賞。刑務所廃庁後、同プログラムを児童自立支援ホーム、障害者施設、介護士研修などで行う。

2010年度　奈良佐保短期大学非常勤講師。「哲学と人生」を担当。

2012年～　平城宮跡を守る会代表。埋立て舗装反対署名を4万2千筆集める。

2013年　放送大学面接授業講師。「絵本で学ぶ哲学」を担当。

2014年～　奈良少年刑務所を宝に思う会呼びかけ人。奈良少年刑務所の明治建築を「旧奈良監獄」としての国重要文化財指定に導いた。

2014年度　東北芸術工科大学非常勤講師。「子どもの本を通して学ぶ世界」を担当。

2020年～　京都市再犯防止推進会議委員。

◆ 文学賞

1986年　「ねっけつビスケット　チビスケくん」で毎日童話新人賞最優秀賞。

2005年　『楽園の鳥　カルカッタ幻想曲』で泉鏡花文学賞。

〈寮美千子の活動〉

◆詩・作詞

1991〜7年　衛星放送ラジオ局「セント・ギガ」に600篇以上の詩を提供。
2001年　池澤春菜に詞「星の魚」を提供、アルバム『caramel』に収録。
2003年〜　作曲家の高橋喜治とコラボレーション。2003年、合唱曲『父は空 母は大地』初演。2004年「インディアン・フォレスト」「朝露」「Merry Christmas」初演。これらを含めた7曲からなる組曲『インディアン・フォレスト』が2007年にかけて制作された。
2008年　奈良の地域キャラクター応援歌「まんとくんのうた♪」「まんとくん音頭♪」を作詞。翌年、なら1300年祭応援イメージソング「あおによし」を作詞。まんとくん関連の歌とともに清田愛未が作曲、歌を担当。CD『あおによし まんとくん』に収録。
2011年　映画『ひとにぎりの塩』の主題歌を作詞。作曲は谷川賢作。
2013年　奈良市富雄第三中学校の校歌を作詞。
2018年　JR京終駅の明治の姿への復元を祝して「鉄道唱歌京終編」を10番まで作詞。

◆脚本・作品の舞台化

2000年　アニメ『マザー・テレサ』(学研)の脚本を担当。優秀映像教材選奨で優秀作品賞受賞。
2005年　オーディオドラマ『青いナムジル』(NHK)の原作・脚本。
2011年　オーディオドラマ『雪姫 遠野おしらさま迷宮』(NHK)の原作・脚本。
2012年　朗読劇『二人の采女』の脚本を書き下ろし、地元劇団員により上演。
2012年　オペラ『ラジオスターレストラン 星の記憶』(金沢芸術創造財団)の原作・脚本。作曲は谷川賢作、演出は丹下一。
2013年　音楽劇『大地の祈り ナウマン博士の夢』(いといがわ創造シアター)に歌詞を提供。
2013年〜　演出家・俳優の丹下一が、寮美千子作品を舞台化。『遠くをみたい』『父は空 母は大地』『ノスタルギガンテス』『ユーリ×ユーリ』などの上演を継続中。

◆パフォーマンス

1999年〜　ミュージシャンと組んだ自作詩の朗読ライブを開始。豊住芳三郎、藤川義昭、明石隼汰、本多信介、翠川敬基、押尾コータロー、西陽子、坂田明、谷川賢作、南野梓、川口真由美、カオリンズらとコラボレーションしてきた。
2013年〜　太安万侶ゆかりの多神社での朗読劇古事記の上演をきっかけに「勾玉天龍座」を結成。古事記などをテーマに毎年新作を書き下ろし、上演している。
2023〜4年　紙芝居「いくさの少年期」出版のカンパ集めのため各地で紙芝居上演

◆地域紹介

2010〜25年「ならまち暮らし」(毎日新聞奈良版。隔週連載)
2018〜21年「鉄道唱歌京終編」解説(ミニコミ「京終ニュース」連載)
2021年〜　「徳融寺物語」(「京終ニュース」連載)

寮 美千子

1955年東京生まれ、千葉育ち。祖父・寮佐吉は、大正から昭和前期の翻訳家で科学ライター。反骨の新聞人・桐生悠々の盟友でもあった。相対性理論関連の本があり、宮澤賢治の「四次元」に関するイメージの源泉の1つとなった。父・甦三郎は公務員だが巻貝を見て「不思議だね。海の中でこんなきれいなものがひとりでにできるなんて」と語る人だった。小5から詩を書き、中学では友人たちと詩のノートを回覧。大学受験に失敗して外務省に就職するも1年で辞職。20歳で初めて投稿した詩が「ユリイカ」に掲載され、詩人・長谷川龍生氏に見出されて草思社に就職。25歳でフリーに。宮澤賢治に憧れ、31歳より作家活動を始めた。1991～7年、セント・ギガに詩を提供。奈良市在住。

星の時 *VOICE of St. GIGA*

寮 美千子

2025年3月30日 初版第1刷発行

発行者 関 昌弘
発行所 株式会社ロクリン社
〒153-0053
東京都目黒区五本木1-30-1 2A
電話 03-6303-4153
ファックス 03-6303-4154
https://rokurin.jp

編集 中西洋太郎
デザイン 宇佐見牧子
協力 山北圭子 小野弘 松永洋介
印刷製本 株式会社シナノパブリッシングプレス